W0342274

LA VIEILLE DAME

QUI RAPETISSAIT

ISBN : 978-2-917516-00-3

Pour mes petites catalanes...

- Raphaël Baud -

La vieille dame qui rapetissait

éditions Chocolat ! jeunesse

Au 216 de la rue du Progrès vivaient une vieille dame et son chat. Un matin, en voulant prendre un pot de confiture en haut du buffet, la vieille dame se rendit compte qu'elle avait rétréci pendant la nuit.

“Je devrais peut-être aller voir un docteur” se dit-elle.

"Je ne peux rien faire pour vous, conclut le docteur après un long examen. Vous rapetissez, vous rapetissez, et tout ce que je peux vous dire, c'est qu'à cette vitesse, d'ici trois jours vous aurez complètement disparu."

La vieille dame se dépêcha de rentrer chez elle.
“Mon pauvre Gorgonzola,
je vais devoir te confier à ma sœur,
car je sera bientôt trop petite
pour m'occuper de toi.
Regarde : depuis ce matin
j'ai bien dû rétrécir de vingt centimètres...
Nous prendrons le train dès cet après midi”.

"Désolé ma petite dame, mais nous n'acceptons pas les chats" annonça mollement l'employé du guichet de la gare... "Vous devriez plutôt prendre le car."

"Le car ? Mais ma sœur habite au bord de la mer... Le car va-t-il jusque là ?"

"Ah ça, il faut poser la question au chauffeur".

8

Le temps
d'arriver à
l'arrêt de l'autocar,
la vieille dame
avait encore perdu
au moins dix centimètres.

"Vous allez jusqu'à la mer ?"
demanda-t-elle au chauffeur.

"Pas tout à fait, je m'arrête à une dizaine
de kilomètres des plages. Vous devrez faire
le reste à pied, ou attendre le car de lundi."

"Lundi ? c'est trop long, s'inquiéta le vieille dame.
Tant pis, donnez moi un billet, s'il vous plaît".

Quand l'autocar arriva à son terminus, la vieille dame
avait encore beaucoup rétréci. Elle hésita à louer un vélo
pour faire les dix derniers kilomètres, mais elle se rendait bien compte
que ses pieds n'atteindraient jamais les pédales...

Elle se résolut donc à marcher jusqu'à la maison de sa sœur.

Dix kilomètres,
ce n'est pas énorme.

Mais pour une vieille dame
à peine plus grande
que son chat
c'est une distance
interminable.

Comble de malheur,
plus elle avançait,
plus elle rapetissait.
Et plus elle rapetissait,
plus la route
lui semblait longue.

La nuit commençait à tomber,
et la vieille dame n'avait plus aucune idée
de la distance qui la séparait
de la maison de sa sœur.

Épuisée par cette incroyable journée,
elle se blottit contre Gorgonzola
et ils s'endormirent tous deux
au creux d'un arbre.

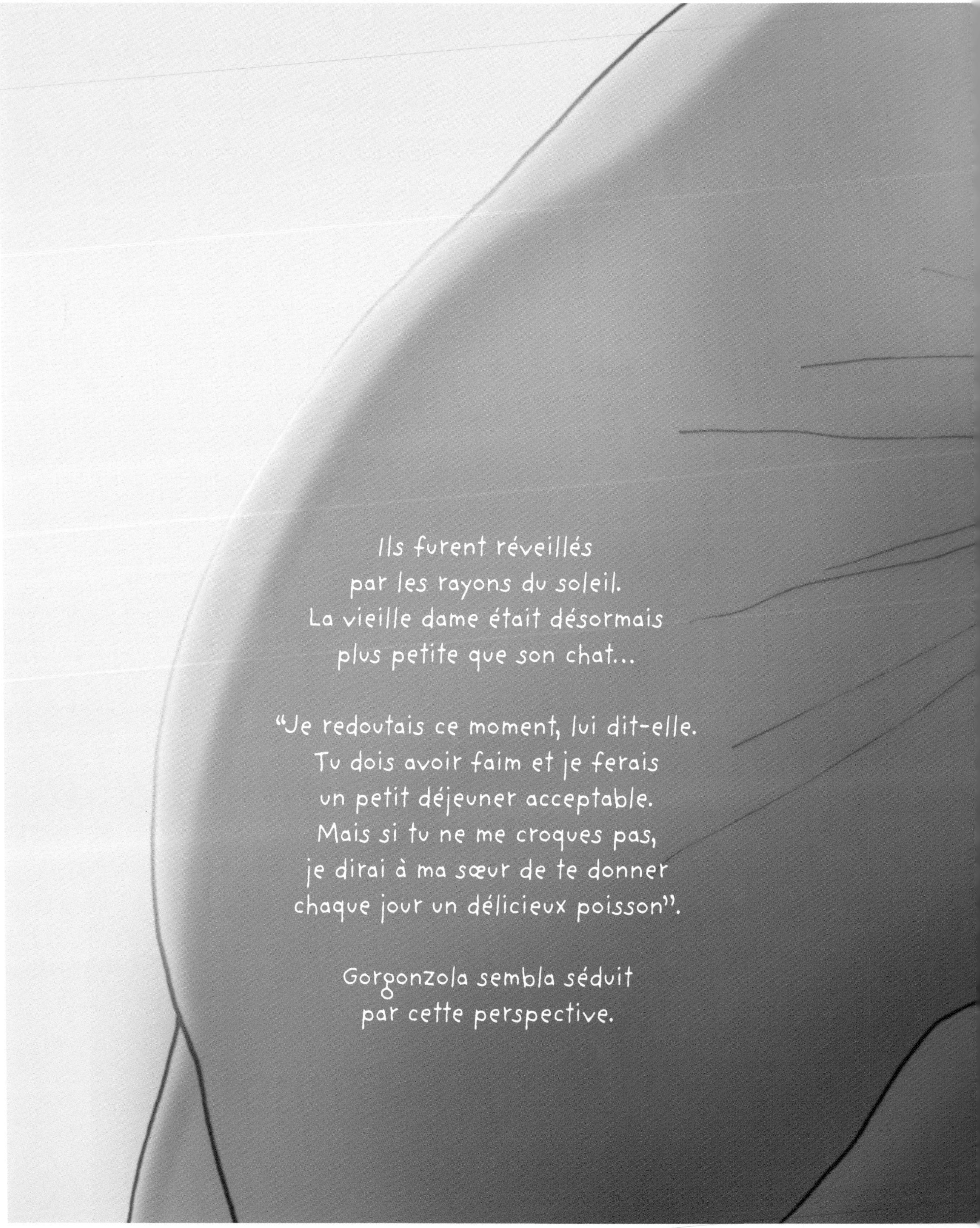

Ils furent réveillés
par les rayons du soleil.
La vieille dame était désormais
plus petite que son chat...

“Je redoutais ce moment, lui dit-elle.
Tu dois avoir faim et je ferais
un petit déjeuner acceptable.
Mais si tu ne me croques pas,
je dirai à ma sœur de te donner
chaque jour un délicieux poisson”.

Gorgonzola sembla séduit
par cette perspective.

Ils se remirent en marche... La route semblait s'étirer à l'infini.
Il n'était pas encore midi mais la chaleur était accablante.
La vieille dame, de plus en plus petite, commençait à perdre courage...

Quand enfin, au sommet d'une côte, elle aperçut
au loin, bien loin, la mer scintillante
et le petit village de sa sœur.

"Mon bon Gorgonzola,
nous serons bientôt arrivés !
Mais regarde moi :
je suis si petite que si nous voulons
y être à temps tu vas devoir
me porter sur ton dos."

Pressé de goûter aux poissons
qu'on lui avait promis,
Gorgonzola se mit à trotter
allègrement vers le village.

Sur son dos, la minuscule vieille dame
se cramponnait à son pelage.

Quand Gorgonzola
arriva devant la maison,
la vieille dame était à peine
aussi grosse qu'une araignée,
si bien que sa sœur
ne la remarqua même pas.

"Tiens, on dirait le chat de ma sœur.
Que fais-tu ici tout seul,
mon minet ?"

Ce n'est qu'en prenant Gorgonzola
dans ses bras qu'elle distingua,
logée entre ses deux oreilles,
la vieille dame qui put enfin
lui raconter toute l'histoire.

"D'ici demain,
j'aurai certainement disparu"
conclut-elle en soupirant.
"Mais au moins je sais qu'ici
mon chat sera bien soigné..."

Le soir venu, tout le monde finit
par aller se coucher assez tristement,
sauf la vieille dame
qui contempla longuement la mer
en attendant de disparaître pour de bon.

Et au matin...

…elle était toujours là !

“J’ai fini par cesser de rétrécir ! se réjouit-elle. Je me demande même si je n’ai pas repris quelques millimètres pendant la nuit…”

C’est ainsi que la vieille dame est restée habiter chez sa sœur, au bord de la mer. À ce qu’on raconte, elle y est toujours, et il y a chaque soir un gros poisson pour Gorgonzola.

L'accompagnement pédagogique de cet album
est disponible gratuitement sur le site
www.chocolat-jeunesse.com

ISBN : 978-2-917516-00-3

Imprimé en Italie par MP Stampa Editoriale
Dépôt légal : Octobre 2008

Loi n° 49956 du 16 juillet 1949
sur les publications destinées à la jeunesse.